Louise Leblanc

# Sophie découvre l'envers du décor

Illustrations
de Marie-Louise Gay

la courte échelle
Les éditions de la courte échelle inc.

Les éditions de la courte échelle inc.
5243, boul. Saint-Laurent
Montréal (Québec) H2T 1S4

Conception graphique de la couverture:
Elastik

Conception graphique de l'intérieur:
Derome design inc.

Mise en pages:
Mardigrafe inc.

Révision des textes:
Sophie Sainte-Marie

Dépôt légal, 2e trimestre 2002
Bibliothèque nationale du Québec



La courte échelle reconnaît l'aide financière du gouvernement du Canada par l'entremise du Programme d'aide au développement de l'industrie de l'édition pour ses activités d'édition. La courte échelle est aussi inscrite au programme de subvention globale du Conseil des Arts du Canada et reçoit l'appui du gouvernement du Québec par l'intermédiaire de la SODEC.

La courte échelle bénéficie également du Programme de crédit d'impôt pour l'édition de livres — Gestion SODEC — du gouvernement du Québec.

**Données de catalogage avant publication (Canada)**

Leblanc, Louise

Sophie découvre l'envers du décor

(Premier Roman; PR124)

ISBN 2-89021-569-5

I. Gay, Marie-Louise. II. Titre. III. Collection.

PS8573.E25S6274 2002 jC843'.54 C2002-940343-X
PS9573.E25S6274 2002
PZ23.L42So 2002

## Louise Leblanc

Née à Montréal, Louise Leblanc a d'abord enseigné le français, avant d'exercer différents métiers: mannequin, recherchiste, rédactrice publicitaire. Elle a aussi fait du théâtre, du mime, de la danse, du piano et elle pratique plusieurs sports.

Depuis 1985, elle se consacre à l'écriture. Sa série Léonard, publiée dans la collection Premier Roman, fait un malheur auprès des jeunes amateurs de vampires. *Deux amis dans la nuit*, le deuxième titre de la série, a d'ailleurs remporté le prix Québec/Wallonie-Bruxelles du livre de la jeunesse 1998. Son héroïne Sophie connaît aussi un grand succès. En 1993, Louise Leblanc obtenait la première place au palmarès des clubs de la Livromagie pour *Sophie lance et compte*. Plusieurs titres de cette série sont traduits en anglais, en espagnol, en danois, en grec et en slovène. Louise Leblanc est également auteure de nouvelles et de romans pour les adultes, dont *37½AA* qui lui a valu le prix Robert-Cliche, et elle écrit pour la radio et la télévision.

## Marie-Louise Gay

Née à Québec, Marie-Louise Gay a étudié à Montréal et à San Francisco. Depuis plus de vingt ans, elle écrit et illustre ses propres albums. Elle est également l'auteure de plusieurs pièces de théâtre pour les jeunes, dont *Qui a peur de Loulou?* et *Le jardin de Babel*, pour lesquelles elle a créé les costumes, les décors et les marionnettes. Son talent dépasse les frontières du Québec, puisque l'on retrouve ses livres dans plusieurs pays du monde. Elle a remporté de nombreux prix prestigieux dont, en 1984, les deux prix du Conseil des Arts en illustration jeunesse, catégories française et anglaise, ainsi que, en 1987 et en 2000, le prix du Gouverneur général.

**De la même auteure, à la courte échelle**

**Collection Premier Roman**

Série Sophie:

*Ça suffit, Sophie!*
*Sophie lance et compte*
*Ça va mal pour Sophie*
*Sophie part en voyage*
*Sophie est en danger*
*Sophie fait des folies*
*Sophie vit un cauchemar*
*Sophie devient sage*
*Sophie prend les grands moyens*
*Sophie veut vivre sa vie*
*Sophie court après la fortune*

Série Léonard:

*Le tombeau mystérieux*
*Deux amis dans la nuit*
*Le tombeau en péril*
*Cinéma chez les vampires*
*Le bon, la brute et le vampire*
*Un vampire en détresse*
*Le secret de mon ami vampire*

Louise Leblanc

# Sophie découvre l'envers du décor

Illustrations
de Marie-Louise Gay

la courte échelle

— SOPHIE! Tu préfères que j'aille fermer moi-même la télévision? menace mon père.

Grrr... Quand il éteint le téléviseur, c'est pour longtemps. Je baisse le son avec l'intention de revenir au plus vite, et je me rends à la cuisine.

Mon père me fait la leçon:

— Le petit-déjeuner est un moment de tranquillité pour se retrouver en famille.

Puis il disparaît derrière son journal. Incroyable! Quant à mes frères, ils jouent à la guerre.

— Je t'ai eu! Tu es mort! vocifère Laurent.

— Je ne peux pas mourir! proteste Julien. Je suis Tintin, le grand reporter.

Et ma petite soeur Bébé-Ange hurle de faim.

Ma mère arrive avec... deux bols remplis de purée pour bébé. Et elle m'en offre un!

— Pour combler ton retard, dit-elle ironiquement.

Elle dépose l'autre bol devant mon père en continuant sur le même ton:

— Pour faire manger Bébé-Ange et te retrouver en famille!

J'engloutis cette bouillie infecte dans l'espoir de retourner au salon. À l'instant où je me lève, mon père lâche son journal.

— C'est inouï! s'exclame-t-il.

Je me rassois aussitôt, convaincue qu'il s'adresse à moi. Mais il poursuit:

— Voilà qu'ils s'attaquent maintenant aux enfants!

— Qui? Les envahisseurs! Je les attends, rugit Laurent, qui tire en l'air avec son fusil imaginaire.

— Pas les envahisseurs, rigole mon père. Les fabricants d'aliments miracles. Les vendeurs de poison!

— C'est une affaire pour Tintin, lance Julien.

Décourageant! Mes frères sont incapables de faire la différence entre la réalité et la fiction.

— Ils vont bientôt mettre sur le marché une sucette énergétique: le Lollipep! Un concentré de fruits qui donne du pep, paraît-il.

Je marmonne:

— On passera moins de temps à table.

— Si tu en veux, j'en ai, prétend ma mère.

Elle prononce une formule magique et fait apparaître... une orange.

— Voilà un concentré de fruits bourré d'énergie!

Tout le monde rit sauf moi. Je sais que je vais manquer mon

émission. J'espère que mes amis l'ont regardée.

* * *

Fiou, oui! Et, à la première récréation, Clémentine me résume l'intrigue:

— Il y a une nouvelle fille à l'école: Mélissa. Les garçons la trouvent belle parce qu'elle a de longs cheveux blonds. Surtout Roch et Vincent.

Je ne le montre pas, mais je suis déçue. Ce n'est pas avec mes poils de pinceau que je plairais à Vincent.

Pierre Lapierre, le dur, a une version différente:

— Roch se fout de la fille! Ce qui l'intéresse, c'est le blouson de Vincent. Alors il lui lance un défi: celui qui embrasse Mélissa gagne le blouson de l'autre.

Nicolas Tanguay ajoute, en s'empiffrant de chips:

— Vincent est tarte d'accepter. Le vieux blouson de Roch ne vaut pas un sac de chips.

Je lui réponds d'une traite:

— Tu ne risquerais pas une seule chips pour une fille. Tu ne seras jamais un héros comme Vincent.

— Ton héros, ricane Lapierre, il n'est pas assez fort pour Roch. Celui-ci déclare à Mélissa qu'elle est une fée, et qu'elle peut faire apparaître un blouson d'un baiser. Mélissa entre dans le jeu et l'embrasse.

Je suis scandalisée:

— C'est injuste! Vincent n'a pas eu sa chance. Quelqu'un

devrait l'avertir de se méfier de Roch.

— Tu pourrais le lui dire toi-même, suggère Lapierre.

Il m'apprend une nouvelle incroyable! Un concours a été annoncé à la fin de l'émission. Les gagnants joueront dans une publicité avec les deux vedettes de la série.

En dedans de moi, c'est la tempête, un ouragan d'émotions. Je me vois déjà aux côtés de Vincent.

Je réussis à me contrôler et, l'air de rien, je demande aux autres s'ils veulent s'inscrire.

Clémentine est catégorique:

— Pas moi! Ils vont choisir des filles aux longs cheveux blonds, du genre de Mélissa.

Tanguay et Lapierre sont du même avis.

Je feins d'être d'accord avec eux, mais j'ai déjà décidé de gagner le concours. Je mettrai une perruque blonde s'il le faut!

# 2
# Sophie fait confiance à Mamie

La journée a été interminable. Les cours de Mme Cantaloup me semblaient insignifiants à côté de mon projet.

De retour à la maison, je joue la fille sérieuse qui va étudier. En réalité, je fixe ma montre…

À dix-sept heures pile, je m'éjecte de ma chambre. J'atterris devant le téléviseur, où mes frères se disputent la télécommande. Je lance un cri de détresse à ma mère.

Pour une fois, elle prend mon parti:

— Sophie a étudié, elle peut regarder la télévision.

Julien proteste:

— Et moi, je dois regarder Tintin parce que mon devoir est de présenter mon héros préféré. Et je dois l'étudier pour devenir un grand reporter.

Vite, j'explique à Julien que le meilleur moyen de devenir un grand reporter est de réaliser un reportage. Par exemple... sur mon émission.

Le petit génie réfléchit et finit par accepter.

Mon frère Laurent lui jette avec mépris:

— Un reportage sur cette niaiserie! Quand le sort de la planète est en jeu dans mon émission!

— Tu as le sort de tes leçons à régler, lui rappelle ma mère en l'entraînant.

Je zappe illico et je m'installe confortablement. Julien s'assoit près de moi, l'air sérieux, attentif.

Je regarde l'émission comme si j'en faisais déjà partie. Je me mets à rêver et j'en oublie le concours!

Alors là, Julien m'épate. Il m'informe que le règlement est dans tous les journaux.

Aïe! Le journal est dans le bac, qui est rendu à la rue.

Je me précipite en dehors de la maison...

Fiou, le bac est plein!

Je déchante au fur et à mesure que je le vide. Un, deux, trois sacs, et toujours rien. Je plonge la tête à l'intérieur et je tâte les déchets en nageant parmi des odeurs de poisson pourri.

Je remonte à l'air libre et je découvre Julien avec le journal. Il me le remet à la page du concours.

— J'ai tout compris. Tu vas t'inscrire.

Pendant que je lis, il continue à divaguer:

— Et moi, je vais enquêter là-dessus plutôt que sur ton émission. Parce qu'elle est plate et que l'affaire des sucettes est plus sérieuse pour Tintin.

Il a raison, le petit génie! Les gagnants tourneront une publicité sur les Lollipep. Et l'inscription est plus compliquée que je le croyais. Je dois réfléchir...

D'abord, me débarrasser de mon frère. Je lui dis d'un air désolé:

— Nos projets sont à l'eau. Les parents refuseront que j'annonce un poison comme le Lollipep.

— Tu n'es pas gentille! Je sais que tu ne veux pas de moi. Mais tu ne connais pas Tintin! se fâche-t-il.

Je n'arriverai jamais à m'inscrire au concours en cachette de Julien, de mes parents et de mes amis. À moins de trouver un complice. Eh... oui! Mamie!

Dès que mes frères sont couchés, je descends au sous-sol pour lui téléphoner en catimini.

Je lui confie mon projet secret, qui restera un grand rêve brisé si elle refuse de m'aider.

Là, je reçois un choc! Mamie a besoin d'y penser. Je remonte l'escalier à la lenteur d'un escargot déprimé. Arrivée en haut, je suis au plus bas. Je me laisse choir sur la dernière marche, sans but...

— SOPHIE!

La porte vient de s'ouvrir brusquement. C'est mon père, et il n'a pas l'air content:

— Que fais-tu là? Je t'ai cherchée partout! Mamie a téléphoné. Elle ira te prendre à l'école demain.

Je saute de joie et je l'embrasse. Il paraît surpris:

— Il n'y aurait pas une cachotterie là-dessous?

Incroyable comme mon père est soupçonneux.

* * *

J'attends Mamie à la porte de l'école.

Toute la journée, j'ai évité mes amis. J'étais si excitée que j'avais peur de me trahir. Je sais qu'ils m'auraient découragée. Ils seront surpris quand ils me verront à l'écran avec Vincent. Et si ça ne marche pas, ils ne pourront pas se moquer de moi.

Voilà Mamie! Je cours la rejoindre dans sa voiture. Devant son air sérieux, j'ai un flash qui défrise mes illusions. Elle doit être venue pour m'expliquer son refus.

— Tu m'écoutes, Sophie? Je

te disais que ce ne sera pas facile. Es-tu toujours décidée?

Mon moral se retourne comme une crêpe.

— Youpi! Certain!

— Bien! J'ai déjà rempli le formulaire, mais on doit y joindre des photos. J'ai apporté mon appareil.

— Des photos? Maintenant? C'est impossible!

— Pourquoi? s'étonne Mamie.

— Je n'ai pas ce qu'il faut! Des vêtements, du maquillage, une perruque...

— On ne prend pas des photos de mode, Sophie! Au contraire, il faut mettre en valeur ta personnalité.

Elle démarre en riant, alors que je m'inquiète: qu'est-ce que Mamie entend par ma personnalité?

Elle roule jusqu'au parc. Et là... vous savez ce qu'elle sort de son sac de sport? Un ballon, un paquet de sucettes et des élastiques pour me faire des couettes. Il ne me manque plus que la couche!

Je refuse catégoriquement.

— Ils veulent des filles sexy, pas des têtards. Et je ne suis pas un bébé, ce n'est pas ma personnalité.

— Bien sûr que non! Je te vois plutôt comme une fille dynamique, qui se redonne du pep avec les... Lollipep!

J'avais oublié que le Lollipep était une sucette. Quand même, je ne suis pas convaincue.

— Allez, fais-moi confiance, Sophie.

Elle m'emmène sur le terrain de basket et on commence les photos. J'imite les mannequins: pieds croisés, épaules tournées, regard dans la brume.

— Ça ne va pas, Sophie! m'interrompt Mamie. Bouge! Je veux te voir en action!

Grrr... Je tape sur le ballon pour me défouler.

— Bien, m'encourage Mamie. Continue!

Entraînée par elle, je saute, je lance... et je marque. Hourra! Je lève les bras au ciel.

— Fantastique! crie Mamie. Maintenant, tu...

— J'ai compris, Mamie. Je mange un Lollipep.

Je prends une sucette au hasard et je tombe sur ma saveur préférée. Miam! J'ai le temps d'en manger une autre avant que Mamie ait terminé.

Elle est si enthousiaste qu'elle arrive à me persuader: mes photos feront fureur.

# 3
# Sophie contre la souris blonde

Je viens de traverser la pire période de ma vie. Tout y a passé: l'excitation, l'angoisse, l'espoir. Puis Mamie m'a remis des copies de mes photos. Un choc! Je suis affreuse partout. Une petite boulotte grimaçante. J'en suis encore rouge de honte.

À l'école, j'ai fui mes amis afin d'éviter leurs questions sur mon état lamentable. Sans succès.

Lapierre s'est montré plus lourd que jamais:

— Ça ne va pas, grosse tête? D'habitude, on ne peut pas placer un mot avec toi.

Tanguay a essayé de me tirer les vers du nez en m'offrant des... sucettes. Seule Clémentine m'a laissée en paix. Tellement que je m'interroge sur son amitié.

À la maison, je m'isole dans ma chambre. Ce soir, j'ai prétexté à nouveau un besoin d'étudier. Laurent a rigolé et mes parents se sont alarmés, comme si c'était anormal! Grrr... J'entends frapper à ma porte.

— Sophie! C'est Tintin! J'ai la preuve que tu m'as menti. Et je te conseille d'ouvrir.

Quel idiot, ce Julien, s'il croit me faire peur.

Il glisse quelque chose sous ma porte. Mais... c'est moi! C'est une de mes photos!

Je suis folle de rage! J'ouvre, je tire Julien et je referme. Puis je l'abreuve d'insultes sur son comportement de petite vermine fouineuse.

Il reste de glace. Je lui demande ce qu'il veut.

— Aller au concours avec toi pour mon reportage.

J'accepte aussitôt car je sais que je n'irai pas. Et j'exige qu'il me remette les autres clichés.

— Je ne te fais plus confiance, dit-il en partant.

Je tente de me rassurer... C'est inutile, l'inquiétude est la plus forte.

J'attends un peu, puis je descends au salon en prenant un air neutre. Toute la famille me regarde comme si j'étais une extraterrestre.

J'aperçois alors mes photos. Mes yeux sortent de leurs orbites et se jettent sur Julien.

Il panique avant que je le tue.

— C'est la faute des parents inquiets! Qui ont tordu le bras de Mamie au téléphone. Et elle a

tout avoué parce que les Lollipep l'ont appelée, et que ton rêve brisé n'est plus un secret. Snif!

Mon père me précise que j'ai été choisie pour passer l'audition du concours. Un volcan de joie monte en moi, vite refroidi par ma mère. Elle y va d'un sermon qui finira par un refus, c'est certain.

Elle peste contre tout. Les Lollipep! La publicité pour enfants! La mollesse de Mamie et enfin mon attitude avec Julien.

— Tu ne peux pas te servir de lui, puis l'envoyer promener. Tu iras à la condition qu'il t'accompagne.

Je peux y aller! Je suis si surprise que je ne me réjouis pas tout de suite. Je demande à ma mère si elle est vraiment d'accord.

Elle lève les yeux comme quelqu'un de résigné.

— Selon Mamie, ce sera une bonne expérience pour toi.

Quand je pense aux émotions que j'ai vécues jusqu'à maintenant, je trouve que c'en est déjà une.

* * *

C'est le grand jour. Nous voilà en route pour le concours. Il était temps.

J'ai eu une autre semaine de montagnes russes. L'impression de planer, puis celle de m'écraser. Ma confiance minée par Laurent, qui ne cessait de répéter: «Avoir su qu'ils prenaient tout le monde, je me serais inscrit.»

À l'école, les garçons m'ont mis sur le dos le malaise qui règne dans le groupe. Je leur ai dit d'accuser plutôt Clémentine. Elle ne parle plus à personne, la p'tite parfaite.

— On est arrivés! lance Mamie. Allez, les enfants! Il faut s'amuser.

Je crains justement que Vincent ne me prenne pas au sérieux. Mamie m'a déguisée de la

même façon que sur les photos. Elle a même apporté le ballon. Et Julien trimbale son attirail de reporter: magnétophone, polaroïd...

On a l'air d'une bande de clowns.

En entrant, je n'ai plus envie de rire du tout. Il doit y avoir mille personnes! Et les filles sont... fiou! Ce n'est pas compliqué, elles ressemblent à des sucettes: minces comme des bâtonnets, avec des têtes de toutes les couleurs.

Le vilain petit canard, la seule sucette à la réglisse du lot, c'est ainsi que je me sens. Puis toutes les autres concurrentes m'examinent. J'ai l'impression de passer une radiographie. Je voudrais disparaître.

— On étouffe ici, Mamie! Je veux partir!

— Non, Sophie, je t'avais prévenue que ce serait difficile. Il faut réussir l'audition. Tous les comédiens passent par là. Attends-moi, je vais me renseigner.

Mamie semble vraiment s'amuser. Et Julien se promène à la manière d'un reporter. Je devrais au moins essayer de repérer Vincent. Je fais un tour d'horizon... Non, il n'est pas dans la salle. Je me renfrogne jusqu'à ce que Julien arrive, tout excité:

— Tu ne peux pas savoir ce que j'ai découvert! Une révélation incroyable pour toi.

Qu'est-ce qu'il raconte, le petit génie? Il me remet la dernière photo prise avec son polaroïd. Peu à peu apparaît une fille aux longs cheveux blonds.

— Tu ne la reconnais pas! s'exclame Julien.

Je scrute le visage de la fille et là... Je n'en reviens pas! Clémentine! Elle pouvait bien se cacher dans son trou, la souris! Elle avait peur d'être démasquée et de m'avoir dans les pattes.

J'aurais envie de lui arracher sa perruque. Mais je refuse de me donner en spectacle. Puis on dirait que cette histoire m'a libérée. Comme si l'audition n'était plus qu'une affaire entre Clémentine et moi.

Quand Mamie revient, elle se réjouit de mon enthousiasme. Elle me prévient cependant que l'attente sera longue...

DEUX heures qu'on attend! Je vous jure qu'il faut être motivé pour rester à une audition. C'est d'autant plus difficile que Clémentine est partie. Ce qui me soutient, c'est qu'elle est sortie avec un air dépité.

Elle est passée devant moi en feignant de ne pas me voir. Je ne peux pas croire qu'elle pense que je ne l'ai pas reconnue!

— C'est à toi, dit Mamie. Allez, Sophie, de l'entrain!

À nous deux, la souris...

* * *

Scandaleux! Il n'y a pas d'autre mot pour décrire cette audition. Après deux heures d'attente, ils m'ont gardée deux minutes! Ils ne m'ont même pas demandé de jouer avec le ballon.

Et Julien m'a fait honte en leur posant cette question: «Y a-t-il du poison dans les Lollipep?»

Ils ont ri, et ils nous ont mis à la porte.

Je pense que je vais faire comme si je n'avais pas reconnu Clémentine...

# 4
# Sophie explose...

Lundi matin. Je n'ai pas aperçu Clémentine dans l'autobus. J'espère qu'elle est malade.

Grrr... Non, elle est déjà là, appuyée contre la porte de l'école. Impossible de l'éviter.

On se salue, puis je tâte le terrain adroitement:

— Qu'est-ce qu'il te prend de me parler?

— Et toi?

Puisqu'elle me provoque, je l'attaque:

— Tu es une belle hypocrite, Clémentine!

— Toi aussi, tant qu'à ça! Si tu crois que je ne t'ai pas vue, au concours!

— Tu n'as pas pu me rater! J'étais à visage découvert, moi.

Clémentine rougit et elle finit par m'avouer:

— J'ai mis une perruque pour me donner de l'assurance. Et c'est ce qui m'a perdue.

La pauvre. Elle avait préparé un numéro de karaté, qui a mal tourné. En exécutant un moulinet, elle s'est retrouvée la perruque de travers. Pour la consoler, je lui raconte ma mésaventure.

On s'entend pour garder le silence sur notre échec. Pile avec l'arrivée de Tanguay et Lapierre.

Ce dernier se paie notre tête:

— C'est fini, vos petites bouderies de filles?

Clémentine lui décoche une flèche sur les garçons, qui le pique au vif. C'est la bagarre.

Quand même, c'est bon de se retrouver.

* * *

Depuis quelques jours, ma vie a repris son cours normal. Parfois traversée par un petit nuage de regret. J'appelle alors Mamie pour me changer les idées, m'informer... de tout et de rien.

Sinon, c'est la routine. Comme maintenant en classe. Mme Cantaloup fait son possible, mais elle m'endort toujours autant. On est sauvées toutes les deux par la cloche de la récréation.

En sortant dans la cour, j'aperçois Mamie de l'autre côté de la clôture... Elle est venue me réconforter car elle était inquiète à mon sujet.

Mamie partie, je m'appuie contre la clôture, l'air absent. Mes amis s'approchent... Et là, j'explose!

— J’ai été choisie! Youpi! J’ai gagné le concours!

Les garçons restent bouche bée. Nicolas Tanguay s’est arrêté de manger. Lapierre bégaie:

— Aaalors là... tu m'as eu, grosse tête. Chapeau!

Clémentine blanchit à vue d'oeil. Je lui fais un signe rassurant pendant que Lapierre et Tanguay claironnent la nouvelle. Je deviens instantanément une vedette. Je suis entourée, questionnée...

— Comment c'est?

— Terrible. La compétition est féroce. Tous les moyens sont bons, pour certains...

Clémentine frémit. Je passe à la question suivante.

— Si j'ai eu le trac? Un peu. Le truc est de ne pas se prendre au sérieux, de... garder sa personnalité.

— Et l'audition?

— C'est très long, ils n'en finissent plus de t'interroger.

Clémentine me regarde, incrédule. Elle n'osera pas me contredire.

— La caméra te filme sous tous les angles. On ne peut pas y échapper, c'est pareil pour tous les comédiens.

— Pas pour les vedettes, me reprend Clémentine.

Quel culot! Si elle veut m'embêter, elle prend des risques, la souris. Elle mérite une petite frousse.

— Tu te trompes, elles sont arrivées après ton... euh, mon audition. Tu devrais pourtant le savoir, que la vie d'artiste n'est pas si rose.

— Pourquoi? Ils nous racontent tellement de mensonges, répond Clémentine.

Elle me fait du chantage! Elle

aussi pourrait me trahir, c'est ça? Elle est chanceuse que la cloche sonne, parce que... Elle me déçoit beaucoup.

# 5
# Sophie perd la face...

La vie d'artiste est encore moins rose que je le pensais. Du moins pour les figurants dans un film publicitaire. Un troupeau à qui on donne des ordres: «Silence! On répète! Et mettez-y un peu de nerf!»

Je voudrais les voir. Ils nous font sauter et crier depuis cinq heures. Et, entre les répétitions, on s'endort à force de poireauter. Je vais me plaindre à Mamie...

Où est-elle passée? Elle batifole partout. Ah! la voilà! Elle parle avec un cameraman.

— Je commence à avoir faim, Mamie! Puis pourquoi on attend?

— Justement, monsieur m'explique la situation. Si tu veux manger, il y a de tout, là-bas.

Je ne reconnais pas Mamie. On dirait un papillon attiré par les projecteurs! Elle ne me voit même plus.

Je me dirige seule vers le coin du lunch... Je regrette que Clémentine ne soit pas là. Et elle avait raison, les vedettes ne sont toujours pas arrivées.

Je grignote un sandwich qui me lève le coeur. Je le recrache dans une poubelle et, à côté, je découvre une grosse boîte remplie de Lollipep!

C'est en plein ce qu'il me faut.

Je mets un paquet de sucettes dans ma poche, puis j'en croque une. Elle explose telle une petite bombe et libère un liquide délicieux.

J'en mange deux autres. Fiou! Ça me fait vraiment l'effet d'une bombe. J'ai l'impression d'avoir avalé une pile. Quand le tournage reprend, je suis survoltée et j'entraîne tous les figurants.

Le réalisateur est emballé! Il décide de tourner un gros plan de moi avec un Lollipep.

Par la suite, je me sens légère et sans complexe. En me promenant dans le studio, je remarque deux garçons à l'écart. Je reconnais Roch aussitôt.

Le second ressemble à Vincent, mais il est plus petit et plein de boutons. Ce doit être sa doublure. Pour en avoir le coeur net, je vais les rejoindre:

— Salut! Je m'appelle Sophie et je suis actrice. Je voulais vérifier si tu étais Vincent?

— Non, je suis Luc Lucas, lance-t-il d'un ton sec.

— Je m'en doutais, car tu es plus petit.

Roch éclate de rire, alors que l'autre se fâche:

— Encore une idiote qui ne fait pas la différence entre la réalité et la fiction.

Si j'ai bien compris, c'est Vincent! Et il m'a traitée d'idiote! Je lui dis ce que je pense:

— La différence, c'est que tu es bête!

C'est vrai! D'ailleurs, il ne m'a plus adressé la parole.

Le reste du tournage a été pénible. Je ne sais pas pourquoi, mais j'étais triste.

Grâce aux Lollipep, j'ai tenu le coup jusqu'à ce que les projecteurs s'éteignent. Après, je suis tombée dans les pommes...

À demi consciente, je devine qu'on est arrivées à la maison en reconnaissant les hurlements de mon père. Il paraît que je suis couverte de boutons.

La dernière chose que j'entends, c'est ma mère qui dispute sa propre mère comme si elle était sa fille.

* * *

Mon allergie aux Lollipep a duré plusieurs jours. Pendant ma convalescence, j'ai écouté une entrevue de Vincent à la radio, où il déclarait:

— J'ai adoré tourner avec les jeunes. Ils étaient vraiment sympathiques! On sentait qu'on formait une famille.

Je n'en revenais pas! Quand même, ça m'a fait réfléchir à ce que j'allais dire à mes amis.

Justement, les voilà. Clémentine s'informe aussitôt:

— Comment sont Roch et Vincent?

— Un peu différents en personne, évidemment. Mais... ils sont vraiment sympathiques. On formait une équipe. On se donnait tous à fond pour le film.

Plus je parle, plus je suis convaincue de ce que je raconte. Puis c'est vrai qu'on s'est défoncés. Surtout moi, fiou!

— Le réalisateur m'a trouvée si dynamique qu'il m'a confié un rôle important.

Je vous jure que mes amis sont impressionnés.

* * *

J'ai persuadé mes parents de célébrer la première de ma publicité à la télévision. Tous mes copains sont là. Et Mamie est revenue à la maison pour l'occasion.

Ma mère demande le silence... Elle annonce que Julien va d'abord présenter son reportage.

J'imagine qu'elle y a mis du sien!

— Je suis Tintin, dit Julien. J'ai enquêté sur les Lollipep, et j'ai des preuves. C'est une affaire louche parce qu'ils ont refusé de répondre à mes questions. Puis le professeur Tournesol a trouvé du poison dedans, et ma soeur a eu des boutons.

Il regarde ma mère et il ajoute:

— Je les déconseille fortement. Et je les ai à l'oeil!

Tout le monde le trouve drôle et l'applaudit. Je lui laisse son moment de gloire et je prépare le mien. Je mets le magnétoscope en marche, puis je demande le silence à mon tour. Le film débute.

Sur une musique rythmée, une foule de jeunes acclame ses vedettes. J'ai beau chercher, je ne me vois pas. Quelqu'un crie:

— C'est toi, de dos, les couettes en l'air!

— Voilà ton gros plan! s'exclame Mamie.

J'apparais une fraction de seconde avec un Lollipep. Puis mon visage se déforme comme sous l'effet d'une potion magique. C'est épouvantable!

Je suis scandalisée! Ils m'ont utilisée pour les effets spéciaux. J'ai honte! J'ai perdu la face devant les autres. J'éclate en sanglots.

Mes amis m'entourent pour me consoler.

— C'est génial, ton truc! Ça fait super science-fiction, affirme Lapierre.

— Et tu donnes le goût de manger des Lollipep, renchérit Tanguay.

— On voit que tu es une fille qui a du culot, m'assure Clémentine.

Je commence à aller mieux, lorsque mon frère Laurent arrive. Il va me détruire, c'est certain.

— Tu étais très bonne dans ton rôle, déclare-t-il. On ne te reconnaît même pas.

Je ne suis pas sûre que ce soit un compliment. Mais ça me libère complètement. Si personne ne me reconnaît, je n'ai plus à me tourmenter.

Puis mes parents me disent que je suis leur actrice préférée. Seule Mamie a l'air désolée.

C'est moi qui dois la raisonner:

— Je crois, Mamie, que tu as pris cette histoire trop au sérieux. Les vedettes, la télévision, la publicité: tout ça, ce n'est que de la fiction, tu sais.

Je ramène aussi sur terre mon frère Julien, qui voulait faire arrêter les Lollipep!

Au fond, ce concours aura été une expérience profitable pour tout le monde.

Quand même, ça ne m'empêchera pas de regarder mon émission et de l'apprécier. La différence est que maintenant je préfère Roch à Vincent...

# Table des matières



Achevé d'imprimer
sur les presses de Litho Acme inc.